GRANDES CLÁSSICOS

O Essencial dos Contos Russos

© Sweet Cherry Publishing
The Easy Classics Epic Collection: Oblomov. Baseado na história original de Ivan Goncharov, adaptada por Gemma Barder. Sweet Cherry Publishing, Reino Unido, 2021.

Dados Internacionais de Catalogação na Publicação (CIP)
Angélica Ilacqua CRB-8/7057

Barder, Gemma
 Oblomov / baseado na história original de Ivan Gontcharov ; adaptada por Gemma Barder ; tradução de Talita Wakasugui ; ilustrações de Helen Panayi. - Barueri, SP : Amora, 2022.
 128 p. : il. (Coleção Grandes Clássicos : o essencial dos contos russos)

ISBN 978-65-5530-433-6

1. Ficção russa I. Título II. Gontcharov, Ivan III. Wakasugui, Talita IV. Panayi, Helen V. Série

22-6620 CDD 891.73

Índices para catálogo sistemático:
1. Ficção russa

1ª edição

Amora, um selo da Girassol Brasil Edições Eireli
Av. Copacabana, 325, Sala 1301
Alphaville – Barueri – SP – 06472-001
leitor@girassolbrasil.com.br
www.girassolbrasil.com.br

Direção editorial: Karine Gonçalves Pansa
Coordenação editorial: Carolina Cespedes
Tradução: Talita Wakasugui
Edição: Mônica Fleisher Alves
Assistente editorial: Laura Camanho
Design da capa: Helen Panayi e Dominika Plocka
Ilustrações: Helen Panayi
Diagramação: Deborah Takaishi
Montagem de capa: Patricia Girotto
Audiolivro: Fundação Dorina Nowill para Cegos

Impresso no Brasil

Oblomov

Ivan Goncharov

Personagens

Ilya Oblomov
Jovem homem

Zahar
Criado de Oblomov

Andrey Stolz
Amigo de Oblomov

Olga Bushkova
Jovem mulher

Sra. Bushkova
Tia de Olga

Tarantyev
Amigo de Oblomov

Agafya
Irmã de Tarantyev

CAPÍTULO UM

Numa das mansões de uma elegante rua de São Petersburgo morava Ilya Oblomov. Ele tinha quase trinta anos, era um jovem bonito e educado. Morava em uma bela casa alugada e era proprietário de várias terras espalhadas pelo interior do país, no campo. E apesar de não se interessar nem um

pouco por agricultura, assuntos
de cultivo da terra e coisas do tipo,
aceitava, com prazer, o dinheiro
que ganhava e era enviado por
seus funcionários e arrendatários
– agricultores e fazendeiros – lhe
enviavam.

    Você pode estar pensando: um
jovem que mora em uma mansão e
não precisa se preocupar com dinheiro
com certeza é feliz. Mas Oblomov não
era feliz. O problema era que tudo o
que ele achava que o faria mais feliz
parecia sempre muito difícil de fazer.

    Ele tinha até trabalhado na
prefeitura de São Petersburgo para
ocupar a mente. Mas ter que levantar

cedo e se vestir todos os dias o sobrecarregava. Como não precisava do dinheiro, deixou o emprego.

Ele era convidado para muitos jantares e bailes chiques. Mas só de pensar em colocar o traje adequado e andar de carruagem pela cidade, à noite, Oblomov já se sentia exausto. O jovem sempre inventava uma desculpa para não ir.

O que Oblomov mais gostava de fazer era ficar deitado em sua cama, um lugar quentinho e seguro.

Ali ele podia esquecer o mundo. Podia ler o jornal, fazer suas refeições e até escrever uma carta ou duas se tivesse energia. Não havia necessidade de se arrumar ou ver ninguém.

O criado de Oblomov, Zahar, estava acostumado a lhe servir as refeições na cama. Zahar trabalhava para ele desde criança. E se lembrava de como era a vida quando os pais de Oblomov ainda estavam vivos e a família vivia viajando de São Petersburgo para suas fazendas. Lembrava-se das festas que organizavam e dos amigos que compareciam.

A vida com Oblomov era muito mais tranquila. Ele não tinha que pensar em convidados nem viajar. Mas Zahar se preocupava com o patrão. Outros jovens de sua idade tinham família e muitos amigos, mas Oblomov quase não via mais ninguém.

Em um dia frio de primavera, Zahar estava preparando o almoço para o patrão. De repente, ouviu a campainha tocar.

Antigamente, Oblomov recebia muitas visitas. Mas como cada vez menos visitava as pessoas e comparecia aos eventos, cada vez menos as pessoas vinham vê-lo. Zahar sabia que provavelmente seria o Sr. Stolz ou o Sr. Tarantyev – os dois amigos que ainda visitavam Oblomov.

Zahar se viu rapidamente no espelho do corredor e ajeitou o cabelo. Quando abriu a porta, ficou aliviado ao ver Andrey Stolz parado na calçada. Ele não gostava nada do Sr. Tarantyev.

— Sr. Stolz — disse Zahar, cumprimentando e chamando o jovem para sair do frio. — O Sr. Oblomov não me disse que esperava visitas hoje.

Stolz era um homem alto e amigável, com cabelos castanho-claros e um rosto gentil. Ao entrar, entregou o chapéu e o casaco para Zahar.

— Perdoe-me. Realmente não avisei que estava vindo. Será que Oblomov já acordou?

— Receio que não, senhor — respondeu Zakhar com um pequeno sorriso. — Acredito que ele pode passar o dia inteiro lá.

Stolz suspirou e balançou a cabeça. Depois, subiu as escadas até o quarto do amigo.

CAPÍTULO DOIS

Oblomov e Stolz se conheciam desde pequenos. Stolz cresceu perto de uma fazenda da família de Oblomov. Realmente a família Stolz não era tão rica quanto a do amigo, mas o rapaz trabalhou duro e se tornou um empresário de muito sucesso.

 Stolz amava a vida. Viajava pelo mundo e aceitava o maior número possível de convites para jantares e bailes. Ele gostava de conhecer pessoas novas, mas, quando estava em São Petersburgo, fazia questão de visitar seu amigo mais antigo pelo menos duas vezes por semana.

Oblomov nunca foi tão extrovertido quanto Stolz. E, quando seus pais morreram, alguns anos antes, Oblomov viu ainda menos sentido em

ir a todos os jantares, bailes e viagens. Nem visitar suas propriedades no campo ele ia.

Oblomov ficou um pouco surpreso ao ver Stolz entrar em seu quarto. Ele estava esperando Zahar com sua bandeja de almoço.

— Stolz! — disse, chocado, mas feliz. — Eu não sabia que você estava na cidade! Nem estou vestido.

Stolz sorriu e puxou uma poltrona ao lado da cama.

— Meu querido amigo, acho que já o vi mais vezes na cama este ano do que fora dela — disse, rindo.

— Precisa me dizer onde a comprou. Deve ser a cama mais confortável do mundo!

Oblomov sabia que o amigo só estava provocando. Ainda assim, olhou para baixo, sentindo-se envergonhado.

— Você deve me achar a pessoa mais preguiçosa do mundo.

— Preguiçoso não, meu amigo

— respondeu Stolz gentilmente, balançando a cabeça — Sei que você acha que as coisas são difíceis, mas gostaria que saísse mais comigo. Há tanta coisa na vida para ver e fazer!

Oblomov suspirou. Stolz gostava de ter muito o que fazer, mas ele só se sentia cansado e preocupado com essas coisas.

— Ah, como eu gostaria que fôssemos jovens de novo! — exclamou. — Eu faria qualquer coisa para ser um menino, sendo cuidado por minha babá. Eu não me preocupava com nada!

— Oblomov! Você tem quase trinta anos! — disse Stolz, rindo. —

A maioria dos homens na sua idade contrata babás para os próprios filhos!

Fez-se um instante de silêncio entre os dois amigos. Oblomov trocou de lugar na cama.

— Eu... eu gostaria de mudar — disse ele baixinho. — Queria ser como você.

Stolz olhou para o amigo com compaixão. Lembrou-se dos dias que passavam juntos, correndo pelos campos, construindo tocas e pegando insetos. Talvez pudesse encorajar o amigo a acompanhá-lo em outra aventura.

— Vou a Paris no verão, a negócios. Acho que você deveria ir comigo.

É uma bela cidade. Você vai gostar, tenho certeza.

Oblomov olhou para as mãos. Faltavam ainda algumas semanas para o verão. No calor, ele se sentia mais aventureiro. Então, respirou fundo e disse:

— Tudo bem! Vou me esforçar.

CAPÍTULO TRÊS

Nos dias que se seguiram à visita de Stolz, Oblomov sentiu-se mais animado. Saiu da cama, vestiu-se e até encontrou um antigo guia de viagem sobre Paris em sua biblioteca.

— Vou a Paris, Zahar — disse enquanto folheava o velho guia. — Vai ser bom para mim!

Zahar concordou com o patrão. No entanto, por mais que esperasse por essa viagem de Oblomov, lá no fundo Zahar não acreditava que seu jovem patrão iria a Paris com Stolz. Zahar não o via a mais de um quilômetro e meio de distância de sua própria casa havia meses.

Zahar então colocou uma bandeja de prata na frente de Oblomov. Nela havia uma pilha de cartas. Oblomov folheou o monte até ver carta que tinha sido enviada pelo proprietário da casa em que morava. E leu a carta com a mão trêmula.

— Ah, não — disse, baixinho. — Ah, não, não, não!

Zahar parou na porta da biblioteca e voltou-se para o patrão.

— Más notícias, senhor? — perguntou.

— O proprietário quer pegar esta casa de volta! — gritou Oblomov. Ele se levantou, derrubando o guia de viagens no chão. — Ele quer alugá-la para um membro da família!

— O senhor não precisa se preocupar — disse Zahar, calmamente. — Há muitas casas em São Petersburgo que pode alugar...

Oblomov afundou na poltrona. Sua cabeça estava apoiada em uma das mãos e a carta na outra. Ele parecia ter recebido a pior notícia possível.

— Preciso encontrar outra casa — disse, sentindo o pânico crescendo dentro dele. — Mas e se não for na parte boa da cidade? E a mudança? Colocar todas as coisas no lugar? E o novo proprietário?

— E se o senhor comprasse uma casa? — sugeriu Zahar. — Tem dinheiro suficiente para isso.

— Comprar! — exclamou Oblomov. — Minha cabeça dói só de pensar em toda a documentação! Ah, meu Deus, o que devo fazer?

Os pensamentos de Oblomov estavam fora de controle.

O corpo ficou pesado e sua cabeça doía.

Então, ele saiu da biblioteca e começou a subir as escadas, voltando para o quarto.

CAPÍTULO QUATRO

Oblomov estava de volta à cama. Depois de receber a notícia de que o proprietário queria a casa de volta, seu humor foi ficando cada vez mais azedo. Ele se recusou a olhar as casas disponíveis que Zahar havia encontrado para ele.

E estava jantando, muito triste, com a bandeja apoiada nos joelhos, quando a porta do quarto se abriu.

Um jovem muito bem-vestido entrou, carregando uma bengala. Zahar correu atrás dele.

— Sinto muito, Sr. Oblomov — disse Zahar, olhando com raiva para o cavalheiro. — O Sr. Tarantyev não quis esperar lá embaixo.

— Ah, não me importo de ver meu velho amigo Oblomov na cama! — exclamou Tarantyev, rindo. Ele olhou ao redor do quarto para as roupas jogadas e os pratos sujos.

— Arrumar um pouco o seu quarto não faria mal algum. Ou talvez você devesse arranjar um criado novo, mais jovem.

Zahar fez uma cara feia para Tarantyev. Oblomov saiu da cama e se enrolou em um roupão. Sentiu uma pontinha de vergonha pelo estado do quarto e constrangido com o comentário grosseiro de Tarantyev.

— Obrigado, Zahar — disse ele, tão gentilmente quanto pôde. — Eu o chamo se necessário.

Zahar bufou e saiu do quarto.

Oblomov conhecera Tarantyev alguns anos atrás em um jantar. Eles conversaram sobre comida, roupas e carruagens

e descobriram que tinham o mesmo gosto em quase tudo. Desde aquele dia, Tarantyev passou a visitar o novo amigo com frequência.

Quando Oblomov não tinha energia para fazer compras, Tarantyev as fazia por ele. Sempre que isso acontecia, Oblomov lhe dava muito dinheiro, e Tarantyev também comprava algo para si. Quando Oblomov não tinha energia para ir a um restaurante, Tarantyev vinha jantar em sua casa – desde que a comida que Oblomov servisse fosse da mais alta qualidade.

Zahar não gostava nem um pouco de Tarantyev. Ao longo dos anos,

Oblomov presenteou Tarantyev com um casaco novo e elegante, várias garrafas de sua bebida favorita, e muito cara, e sempre se certificava de que a carruagem estaria disponível para ele. Zahar podia ver que a amizade dos dois tinha a ver com o que Tarantyev poderia obter de Oblomov.

— O que posso fazer por você? — perguntou Oblomov, tirando algumas roupas de uma poltrona.

— Vim ver se você queria me convidar para jantar, mas vejo que já comeu — respondeu Tarantyev, apontando para a bandeja e parecendo descontente.

Com tristeza, Oblomov mostrou ao amigo a carta do proprietário. Estranhamente, um sorriso surgiu no rosto de Tarantyev.

— Mas isso não poderia ter acontecido em uma hora mais perfeita! — disse Tarantyev, levantando-se e segurando a carta na frente dele como se fosse um troféu. — Minha irmã tem uma mansão e está lutando para cuidar dela desde que seu marido morreu. E a pobrezinha também tem dois filhos pequenos para cuidar.

Oblomov estava confuso.

— Não está vendo? — continuou Tarantyev, com os olhos fixos nos do amigo. — Se for morar com ela, isso vai ser bom para vocês dois!

— Morar com sua irmã? Impossível! — exclamou Oblomov. Ele não conseguia entender por que Tarantyev tinha feito tal sugestão.

Tarantyev suspirou e balançou a cabeça.

— Você não está pensando direito. Volto amanhã à noite para jantar e discutiremos os preparativos. Você logo verá que é a solução perfeita — disse, levantando-se. — Certifique-se de que seu cozinheiro faça algo bem gostoso.

CAPÍTULO CINCO

Tarantyev passou a noite seguinte tentando convencer Oblomov a se mudar para a casa de sua irmã. Sempre que Oblomov apresentava uma preocupação, ele tinha uma resposta.

— A casa fica ao sul da cidade. Estarei longe de todos os meus amigos — disse Oblomov.

— É apenas uma curta viagem de carruagem! E é uma região bem menos movimentada. É supertranquila — respondeu Tarantyev.

— O aluguel parece muito caro... — disse Oblomov.

— É porque minha irmã estará à sua disposição para cozinhar e lavar o que precisar! Você pode se livrar da maioria dos seus criados — respondeu Tarantyev.

Aquilo tudo deixou Oblomov mais confuso do que quando recebera a carta do proprietário.

Por um lado, a casa da irmã de Tarantyev não era nada do que ele queria. Ficava numa parte feia da cidade, era cara e ele teria que dividir a casa com alguém que não conhecia. Por outro lado, Tarantyev havia tomado uma decisão difícil para ele. Se não aceitasse, ele mesmo teria que começar a procurar uma casa nova. Só de pensar já ficava muito cansado.

Em vez de decidir, Oblomov voltou para a cama. Ficou lá por três dias. O que deixou Zahar frustrado com o comportamento do patrão. Ele queria que Oblomov saísse e fosse feliz. Mas, em vez disso, o patrão passou o dia todo na cama. Zahar não se conformava com aquela situação.

— Deveria sair da cama e procurar um lugar para morar, senhor — disse Zahar, pegando um prato sujo do chão. — E não me refiro à casa que o Sr. Tarantyev encontrou. Desculpe, mas não confio naquele homem. Tenho certeza de que ele está tentando roubar seu dinheiro.

Não havia muitos ricos em São Petersburgo que permitiam que

seus criados falassem com eles dessa maneira. Mas fazia tanto tempo que Oblomov conhecia Zahar. Eles se tratavam mais como tio e sobrinho do que como patrão e criado.

Dias se passaram antes que Oblomov recebesse outra visita em casa. Quando ouviu a campainha, já foi gritando:

— Se for o Tarantyev, diga a ele que estou dormindo! Estou sem energia para falar com ele hoje.

Depois de algum tempo, Zahar abriu a porta do quarto e deixou Stolz entrar. Oblomov ficou feliz em ver o amigo. Mas percebeu que Stolz estava reparando na bagunça de seu quarto.

— Eu ia arrumar tudo hoje — disse Oblomov, saindo da cama.

Mas era inútil tentar mentir para Stolz. Ele era seu melhor amigo e o

mais antigo, e sabia que Oblomov não estava planejando arrumação nenhuma.

Stolz bateu palmas.

— Certo! Está na hora de tirar você desta casa — disse ele, caminhando em direção ao grande guarda-roupa de

Oblomov. — Fui convidado para uma festa na casa dos Bushkovas esta noite. Vou viajar amanhã e quero passar a noite com todos os meus amigos antes de ir.

  Oblomov apertou o roupão em volta de seu corpo. Ele não saía à noite havia meses. A ideia o deixou nervoso, mas uma parte dele também estava animada. Ele sentiu a mesma energia que sempre sentiu quando Stolz estava por perto.

  Isso o encorajou e o deixou feliz. Oblomov começou a se vestir com as roupas que Stolz escolheu para ele.

CAPÍTULO SEIS

A sala de estar dos Bushkovas estava cheia de pessoas elegantes e bem-vestidas. O coração de Oblomov disparou ao acenar para pessoas que conhecia e sorrir para as que não conhecia. Stolz ficou ao seu lado. Como seu amigo conversava facilmente com os convidados, a confiança de Oblomov logo cresceu e ele começou a conversar também.

Depois de um tempo, os convidados foram chamados para se sentar e assistir a uma apresentação.

Uma jovem se levantou e foi até o piano. Ela era alguns anos mais nova que Oblomov. Tinha os cabelos castanho-escuros e olhos verdes. A jovem parecia um pouco nervosa à

medida que seus dedos descansavam nas teclas do piano.

    Oblomov suspirou quando a música começou. A jovem estava tocando e cantando uma de suas óperas

favoritas. Fazia tanto tempo que não ouvia música que ele quase chorou.

— O nome dessa moça é Olga — sussurrou Stolz. — Ela é sobrinha dos Bushkovas, veio de Moscou.

Enquanto Olga continuava cantando e tocando, Oblomov sentiu o coração bater forte.

No final da apresentação, a sala de estar explodiu em aplausos. Oblomov entrou em pânico quando Stolz começou a andar em direção a jovem no meio da multidão.

Afinal, ver uma jovem tão bonita se apresentar era uma coisa, mas falar com ela era outra bem diferente. Sem saber o que fazer, Oblomov seguiu o amigo.

— Olga, isso foi magnífico! — elogiou Stolz, beijando-a nas bochechas.

— Obrigada, Sr. Stolz — respondeu a moça, sorrindo. — Quem veio com o senhor esta noite?

O coração de Oblomov deu um salto quando os olhos verdes de Olga encontraram os dele.

— Este é o meu amigo mais antigo em todo o mundo — disse Stolz, alegremente. — Quero que conheça Ilya Oblomov.

Eles apertaram as mãos educadamente.

— É empresário, como o Sr. Stolz? Oblomov riu.

— Meu Deus, não — ele respondeu. — Não sou inteligente o bastante para fazer o que Stolz faz. Nem charmoso!

— Oblomov é dono de grandes propriedades no interior, embora more aqui na cidade — explicou Stolz. — Você acabou de tocar uma de suas músicas favoritas.

— Gostou? — Olga perguntou.

— Foi perfeito — respondeu ele, corando logo as bochechas. — Infelizmente não vou a um concerto há muitos meses. Tinha esquecido quanta alegria a música pode trazer.

Olga sorriu. Ele era diferente dos outros jovens que conhecia. Parecia quieto e pensativo, e era bonito, apesar de não se dar conta disso.

Rapidamente, a conversa entre os três se desenrolou de forma fácil. No final da noite, Oblomov foi tomado por uma felicidade que há muito tempo não sentia.

CAPÍTULO SETE

Stolz partiu para sua viagem de negócios na manhã seguinte. Ele fez Oblomov prometer que compraria suas passagens para Paris e o encontraria lá em algumas semanas. Oblomov concordou.

Ele pediu a Zahar que fizesse uma limpeza completa em seus quartos. Tirou suas melhores roupas e vestiu-se elegantemente todos os dias. Todas as manhãs ele acordava e, em vez de temer a ideia de sair da cama, ficava animado para começar o dia.

Mas não foi a viagem a Paris que o deixou tão feliz e cheio de energia. Foi conhecer Olga.

Antes de irem embora da festa na casa dos Bushkovas, Oblomov perguntou a Stolz o que ele achava de Olga.

— É uma garota encantadora!

— Mas eu não gosto dela desse jeito, se é isso que está perguntando. Estou ocupado demais com negócios para pensar em casamento!

Oblomov corou. Depois procurou Olga na sala de estar, reuniu toda a sua coragem e perguntou se ela gostaria de passear com ele no dia seguinte. Para sua alegria, ela aceitou o convite.

O verão havia chegado em São Petersburgo e os parques estavam cheios de pessoas aproveitando o clima quente. No primeiro passeio de Oblomov e Olga juntos, ele falou muito pouco.

Fez muitas perguntas a Olga e a deixou falar. Ele gostava do jeito que ela via beleza em todas as coisas, de um ninho de passarinho a um canteiro de flores silvestres. Oblomov descobriu que ela adorava todos os tipos de música, gostava de viajar e conhecer novas pessoas. E descobriu também que, um dia, ela queria se casar.

Depois desse primeiro passeio, eles se encontravam no parque quase todos os dias. Oblomov começou a falar um pouco mais a cada vez. Ele contou a Olga sobre seus pais e sua infância feliz.

No entanto, sentia vergonha de não poder contar a ela o que costumava fazer no dia a dia, porque não havia nada para contar. Ele fez uma promessa a si mesmo de se tornar mais interessante para Olga.

Um dia, Oblomov foi almoçar com os tios dela e tentou lhes mostrar que ele era bom o suficiente para passar tanto tempo com a sobrinha.

A cada dia, Oblomov achava mais fácil sair da cama. Olga havia se tornado sua motivação para ter uma vida melhor. Era como se ela fosse um jarro que o enchia de esperança. Estar com ela era como ser aquecido pelo sol.

Algumas semanas se passaram e chegou o dia da viagem de Oblomov a Paris para encontrar Stolz.

— Eu preparei seu baú — disse Zahar enquanto dobrava as roupas do patrão.

Oblomov olhou para o baú e para as passagens que estavam sobre a mesa do quarto.

— Zahar, houve uma mudança de planos — contou Oblomov.

O criado deu um longo suspiro. Ele estava esperando o momento em que o patrão cancelaria a viagem.

— Senhor, gostaria que reconsiderasse — disse Zahar. — Viajar lhe faria tão bem. Imploro que não volte a passar seus dias na cama.

Oblomov riu, timidamente.

— Não, não. Você me entendeu mal. Não posso viajar porque tenho outros planos em mente. Vou pedir a Olga em casamento.

CAPÍTULO OITO

Oblomov colocou a pena de volta no tinteiro e leu a carta que acabara de escrever.

Meu caro amigo Stolz,

Não posso encontrá-lo em Paris, como combinamos. Entendo o quão frustrado você pode se sentir ao ler estas palavras, mas fique tranquilo porque tenho um bom motivo. Ontem pedi sua amiga Olga em casamento. Para minha alegria, ela disse sim!

Espero que você consiga voltar a tempo para o casamento, que acontecerá assim que meus negócios estiverem em ordem.

Abraços,

Oblomov

Oblomov postou a carta e voltou para casa ansioso. E ficou ainda mais feliz quando viu a carruagem de Olga do lado de fora. Ele a encontrou na sala, com uma pilha de papéis à sua frente.

— Ah, que bom! — disse ela, pulando para beijar as bochechas de Oblomov. — Zahar disse que você não demoraria muito. Temos muito o que fazer.

Oblomov olhou para os papéis espalhados na mesa da sala. Uma

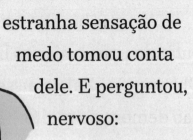
estranha sensação de medo tomou conta dele. E perguntou, nervoso:

— Tudo isso é para o casamento?

— Claro que não! — Olga riu e respondeu. — São espaços de casamento para visitarmos. Olga apontou para pequenas pilhas ao lado do cotovelo. — Estes são fornecedores; já estes são hotéis para a lua de mel: pensei que a Itália pode ser um bom destino. E o restante são casas.

— Casas? — perguntou Oblomov, com a voz um trêmula.

— Claro! Precisamos encontrar um lugar para morar, agora que o proprietário quer esta casa de volta. Felizmente, encontrei várias com grandes salas de jantar para podermos convidar todos os nossos amigos!

Oblomov sentou-se repentinamente na poltrona de couro perto da lareira. Quando pediu Olga em casamento, ele não pensou em espaços, fornecedores ou lua de mel. E certamente não havia pensado em encontrar uma casa que fosse boa o suficiente para Olga morar.

Olga não percebeu a expressão de pânico em seu rosto.

— Claro, não podemos escolher nenhuma dessas casas até sabermos qual é a renda de suas fazendas.

— Renda? — disse Oblomov. — Bem, eu, é...

— Não sabe a sua renda? — perguntou Olga, rindo.

— Claro! — respondeu Oblomov alegremente, embora fosse mentira. Ele não tinha ideia de quanto dinheiro os agricultores que trabalhavam para ele enviavam todo mês. Só sabia que tinha o suficiente para viver.

Oblomov levantou-se e começou a andar pela sala. Sua mente estava acelerada. Ele estava tentando pensar no que dizer a Olga que o faria parecer um homem que tinha pleno conhecimento do próprio negócio.

— Quer saber de uma coisa? Acho que não devemos fazer mais planos até que eu mesmo tenha visitado minhas propriedades — ele disse. — Assim, saberei exatamente quanto podemos gastar na casa perfeita!

Olga pareceu um pouco desapontada, mas sorriu.

— Talvez você tenha razão — disse ela, juntando os papéis.

Oblomov beijou a cabeça de Olga.

— Depois que eu passar pelas minhas propriedades, as coisas

ficarão muito mais claras — disse ele gentilmente. — Aí então podemos planejar tudo!

CAPÍTULO NOVE

Depois que Olga partiu, Oblomov pediu a Zahar que lhe trouxesse tudo o que recebera de suas propriedades no ano anterior. Agora, Oblomov estava sentado com a cabeça nas mãos e papéis espalhados ao seu redor no chão.

Quanto mais olhava para os papéis, mais infeliz Oblomov ficava. O dinheiro que lhe foi enviado era muito menor do que ele imaginava. Muito, muito menos do que quando seu pai estava vivo. Mas ele não sabia o porquê.

O que sabia, isso sim, é que precisaria ir às suas propriedades para resolver isso pessoalmente. Seus pensamentos o deixaram apavorado.

Nesse momento, Zahar entrou no quarto e anunciou que Tarantyev viera vê-lo.

— O que está acontecendo com você? — perguntou Tarantyev, divertindo-se com o olhar de desespero no rosto do amigo. — Não pode ser tão ruim!

Oblomov ficou aliviado ao ver o amigo – embora preferisse ter falado com Stolz sobre seus negócios. — Não sei o que fazer... — ele disse e, triste, entregou a Tarantyev uma pilha de papéis.

Tarantyev estudou os números, resmungou e balançou a cabeça.

— Você está sendo enganado, meu amigo — disse ele por fim. — Isso está bem claro. Suas fazendas devem render dez vezes mais do que estão lhe enviando.

Oblomov recostou-se na poltrona e cobriu o rosto com as mãos.

— Era disso que eu tinha medo! — falou, lamentando-se. — O que devo fazer? Olga quer começar a planejar o casamento e precisamos de uma casa nova. É coisa demais para uma pessoa só. Por que nada pode ser simples?

Tarantyev sorriu, presunçoso.

— Posso ajudá-lo. Vou pedir ao meu grande amigo Matveyevich, que é um bom empresário, para visitar suas propriedades. Ele dirá a seus funcionários para lhe pagarem o que é seu por direito. Depois, você vai se mudar para a casa da minha irmã enquanto planeja seu casamento com Olga. Você terá um lugar para morar e ela terá a ajuda do dinheiro do aluguel.

Tarantyev recostou-se na poltrona, parecendo feliz consigo mesmo.

Oblomov fez uma pausa. A ideia de passar todas as suas preocupações financeiras para outra pessoa era quase boa demais para ser verdade.

Mas ele não queria se mudar para a casa da irmã de Tarantyev. Ficava distante de Olga e ele odiava a ideia de dividir sua casa com um estranho. Oblomov suspirou. Como ele poderia aceitar a ajuda de Tarantyev no assunto da fazenda, mas se recusar a ajudar a irmã dele?

— Está bem — disse finalmente Oblomov. — Vou morar na casa de sua irmã até me casar. Esse Matveyevich é confiável?

— Ele é tão confiável quanto eu! — Tarantyev sorriu maliciosamente.

CAPÍTULO DEZ

Nos dias seguintes, Tarantyev ficou observando o amigo escrever para cada uma de suas fazendas. As cartas davam permissão a Matveyevich para agir em seu nome, inclusive receber o dinheiro das fazendas.

Oblomov sentiu o peso da responsabilidade sair de seus ombros. Mas isso não o deixou feliz. Ele não parava de pensar na imagem de Olga à mesa, com pilhas de planos sobre o futuro.

Quando pediu Olga em casamento, Oblomov se sentiu enfeitiçado – como se pudesse fazer qualquer coisa. Agora ele desejava poder estalar os dedos e se casar, morando nas proximidades em uma casa confortável.

Seus pensamentos o deixaram cansado, e ele não demorou a cochilar. Ele sonhou que tinha cinco anos novamente e sua babá dava comida para ele. Acordou uma hora depois com uma batida suave em sua porta.

— Senhor, a Srta. Olga está aqui para vê-lo — chamou Zahar.

Oblomov deu um pulo. O sono o deixara confuso. Ele jogou o roupão por cima do corpo e tropeçou nas pantufas.

Olga estava sentada na sala, perto da lareira. Ela pareceu entrar em choque quando Oblomov apareceu. Olga era sempre tão elegante. Estava usando um vestido verde-claro, que combinava com o casaco, e um pequeno chapéu de penas verdes sobre o cabelo escuro.

Mas Oblomov, por outro lado, tinha acabado de sair da cama. Não tinha tomado banho nem se barbeado e seu cabelo estava despenteado.

— Você está doente? — perguntou Olga, levantando-se e indo em direção a Oblomov.

— De certa forma, acho que sim — disse ele, cansado. — Mas não estou gripado, se é isso que você está querendo dizer. Peço desculpas pela minha aparência.

Olga voltou para a poltrona, confusa.

— Achei que poderíamos falar mais sobre o casamento — disse, esperançosa.

— Receio que teremos que adiar o casamento — disse Oblomov, sentando-se à sua frente. — Tenho alguns assuntos de trabalho para tratar que podem levar algum tempo.

— Isso significa que você decidiu visitar suas propriedades?

Oblomov explicou o plano que Tarantyev tinha feito para ele. Olga ouviu pacientemente e depois se levantou, corada.

— Você está adiando nosso casamento e indo morar com a irmã do seu amigo. E você entregou o controle de todos os seus negócios a um homem que nunca viu?

— Bem, eu não o conheço, mas Tarantyev me garantiu que é uma pessoa honesta — explicou Oblomov, franzindo a testa.

— Oblomov — titubeou Olga. — Eu amo você, mas não amo esse seu lado. Você tem que assumir o controle de sua própria vida. Você precisa tomar suas próprias decisões. Não pode fazer isso?

    Oblomov olhou para Olga, seus olhos verdes brilhando, cheios de lágrimas. Naquele momento, ele percebeu algo muito importante. Por mais que a amasse, sabia que isso não mudaria a pessoa que ele era. Ele não tinha forças para fazer tudo o que Olga queria que ele fizesse e ser o homem que ela queria que ele fosse. E não poderia viver a vida que ela queria, cheia de festas, viagens e aventuras. Além disso, a ideia de criar filhos um dia o enchia de pavor. Como ele poderia cuidar de crianças quando não conseguia nem cuidar de si mesmo?

Lentamente, Oblomov sacudiu a cabeça.

— Sinto muito, Olga.

Olga percebeu que Oblomov não era o homem que ela achava que fosse – e que nunca seria. Ela então tirou o anel de noivado do dedo e o colocou sobre a mesa vazia. E foi embora.

CAPÍTULO ONZE

Oblomov olhou para o anel de Olga na mesa da sala. Para sua surpresa, ele não se sentiu só triste. Sentiu-se aliviado.

Oblomov amava Olga e queria se casar com ela. Mas sabia que não tinham sido feitos um para o outro.

Ele pegou o anel e o enfiou no bolso do roupão.

Olga correu de volta para a casa da tia em lágrimas.

Seus amigos em São Petersburgo a avisaram sobre Oblomov. Ele era conhecido por ser um homem bom, mas também tímido e antissocial. A princípio, Olga não conseguia acreditar que o belo homem que conhecera na festa da tia fosse o mesmo Oblomov de que falavam. Ele parecia tagarela e cheio de vida.

Mas quanto mais o conhecia, mais via o homem de quem seus amigos falavam. Quando Oblomov começou a falar em adiar o casamento, ela percebeu que havia algo errado.

Além de tudo, ele havia deixado seus negócios nas mãos de um estranho porque não podia assumir o controle da própria vida.

Olga soluçou nos ombros da tia enquanto lhe contou toda a história.

— Minha querida, não chore — disse a Sra. Bushkova, acariciando o cabelo de Olga. — Seu tio e eu iríamos para a França depois do seu casamento. Por que não antecipamos nossos planos e você vem conosco?

Olga murmurou e enxugou os olhos com um lenço.

Talvez viajar fosse exatamente o que ela precisava. Ficar longe de São

Petersburgo, e longe dos amigos que talvez dissessem "eu avisei". E, acima de tudo, ficar longe de Oblomov.

CAPÍTULO DOZE

Oblomov se espreguiçou e bocejou satisfeito. Sua cama estava aquecida pelo sol que entrava pela grande janela do quarto.

Fazia mais de um mês que seu noivado com Olga havia terminado. Pouco depois, Oblomov se mudou para a casa da irmã de Tarantyev.

Agafya e ele tinham a mesma idade, mas Oblomov ficou surpreso ao ver o quão habilidosa ela era. Limpava a casa, fazia refeições deliciosas, mantinha-o entretido com conversas alegres e tudo isso enquanto cuidava de seus dois filhos pequenos.

Nesse momento, Agafya entrou na sala com uma bandeja. Oblomov sentiu o cheiro da comida no ar.

— Já é hora do almoço? — ele perguntou, esfregando as mãos. Agafya colocou a bandeja em seu colo. O vapor da tigela de sopa subiu no ar.

— Eu deveria estar me levantando — disse Oblomov enquanto pegava a colher.

— Bobagem! — disse Agafya. — Tome a sopa primeiro. Isso lhe dará força para o trabalho.

Agafya apontou para uma pilha de envelopes que estava sobre a mesa. E colocou também uma pena e um pouco de tinta ao lado.

No início, quando Tarantyev sugeriu que Oblomov se mudasse para a casa de Agafya, ela não ficou feliz. Não queria um estranho em sua casa, principalmente se fosse um amigo do irmão. Mas, desde a morte do marido, ela tinha pouquíssimo dinheiro para se manter. Por isso precisava do dinheiro do aluguel que Oblomov podia pagar.

Agafya temia o dia da mudança de Oblomov. Ele chegou em uma carruagem com o criado e algumas malas com pertences e roupas caras. Ela esperava que fosse alguém rude e exigente, mas isso ele também não era. Oblomov estava quieto e pensativo, e grato por tudo que Agafya tinha feito e fazia por ele. Ela não estava acostumada com pessoas agradecendo por ela por cozinhar ou arrumar a cama.

Quanto mais tempo Oblomov passava na casa, mais feliz Agafya ficava. E falava com ele com a mesma facilidade com que falava com seus amigos mais antigos. Ele tinha um rosto bonito e deixava as crianças brincar em seu quarto por horas a fio. Eles adquiriram o hábito de passar as noites junto à lareira no quarto de Oblomov. Jogavam cartas e trocavam histórias. Agafya lia em voz alta e Oblomov adormecia ao som de sua voz.

Foi seu carinho por Oblomov que a fez querer que ele abrisse as cartas que estava ignorando. Quando Oblomov lhe disse que Tarantyev e Matveyevich estavam administrando as fazendas para ele, o coração de Agafya se entristeceu. Ela nunca confiou em seu irmão mais velho. Ele estava sempre tramando algum esquema, tentando ganhar dinheiro. Se seu irmão e Matveyevich tinham alguma coisa a ver com o dinheiro de Oblomov, ele, com certeza, estava sendo enganado.

Agafya arrumava o quarto de Oblomov enquanto ele almoçava. Ela então tirou o roupão do cabide e o colocou sobre a cama. Quando ele terminou de comer, Agafya acenou para o roupão e pegou a bandeja.

— Apenas abra algumas cartas — ela pediu. — Depois podemos jogar cartas.

Oblomov suspirou, mas sorriu para Agafya.

— Se você insiste — disse, colocando as pernas para fora da cama.

CAPÍTULO TREZE

Olga tinha razão. A viagem para a França com seus tios era exatamente o que ela estava precisando. No início, eles foram para o litoral sul e ficaram em uma casa à beira-mar. Quando o tempo esfriou, viajaram para Paris.

Paris no outono era linda. Olga passava horas vagando pelas ruas, entrando e saindo das lojas e vendo as folhas douradas caírem das árvores.

Foi em uma dessas caminhadas que ela esbarrou em um velho amigo. Andrey Stolz estava saindo de uma carruagem quando pisou, sem querer, no vestido de Olga.

— Sinto muito, senhorita — disse ele, olhando para o rosto familiar. — Olga! Que bom revê-la!

Ele ficou surpreso ao ver como sua amiga tinha amadurecido. Ela não era mais a garota das festas, mas uma dama sofisticada.

— Stolz! É você mesmo? — disse ela, feliz, beijando as bochechas do amigo.

— Sim. Meus negócios em Paris me mantiveram aqui por

mais tempo do que imaginei, mas devo voltar para São Petersburgo em algumas semanas. Oblomov está com você?

O rosto de Olga se entristeceu. Ela ficou zangada por Oblomov não ter escrito ao amigo para lhe dizer que o noivado havia terminado.

— Não — ela disse baixinho.

Stolz franziu a testa. Ele podia dizer que Olga estava chateada.

— Você tem tempo para tomar um chá? — ele perguntou. — Conheço um local adorável ali na esquina.

Olga assentiu e eles se sentaram em uma mesa do lado de fora de um pequeno e bonito café. Os dois pediram chá e bolos e, embora tivessem que continuar com os chapéus e casacos no outono, nenhum deles pareceu se importar com o frio.

Stolz ouviu educadamente e concordou quando Olga lhe contou o motivo pelo qual o noivado havia terminado.

— Gostaria de poder dizer que sua história me surpreende — disse ele por fim. — Quando Oblomov me escreveu para dizer que estava noivo, fiquei pasmo. Desejei, mais do que acreditei, que ele seguisse em frente.

— Às vezes acho que ele só me pediu em casamento para escapar de viajar a Paris para encontrar você! — disse ela, rindo um pouco.

— Como você está agora? — perguntou Stolz seriamente. Encarou seus olhos verdes-escuros, sentindo borboletas no estômago. Ele não conseguia entender como Oblomov podia ser tão tolo a ponto de deixar essa bela jovem escapar.

— Para ser sincera, estou bem — respondeu Olga. — Esta viagem foi a melhor experiência da minha vida. Eu nunca tinha saído da Rússia antes. E agora estou nas ruas de Paris tomando chá com um belo amigo! — Olga corou. Ela não quis dizer "belo". Mas a palavra escapuliu.

Stolz sorriu e ergueu sua xícara.

— Proponho um brinde — disse ele alegremente. — A novos começos.

— A novos começos! — respondeu Olga brindando com Stolz.

CAPÍTULO CATORZE

Uma pilha de envelopes abertos encheu a mesa onde Oblomov estava sentado. Ele segurou uma das cartas na mão e tentou entender o que estava escrito.

Tarantyev e Matveyevich cuidavam de suas fazendas havia semanas, mas enviavam cada vez menos dinheiro. Oblomov não conseguia entender. Ele havia confiado em Tarantyev e em seu amigo para resolver o problema – não para piorar.

Zahar enfiou a cabeça pela porta.

— Senhor, sei que me pediu para não fosse perturbado, mas um velho amigo seu veio visitá-lo. Posso deixá-lo entrar?

— Um velho amigo? — perguntou Oblomov erguendo os olhos.

— É o Sr. Stolz — disse Zahar. — Ele está esperando lá embaixo, conversando com a Sra. Agafya.

Oblomov se levantou. Ele estava agradecido por ter decidido se vestir naquele dia. Passou a mão pelo cabelo e cumprimentou seu amigo calorosamente.

— Stolz! — disse, apertando sua mão. — Há quanto tempo! Como foi de viagem? Gostou da minha casa nova?

Stolz sentou-se à mesa, em frente ao amigo.

— Faz tempo mesmo — respondeu Stolz. — Estou preocupado com você, meu caro. Soube do término do seu noivado.

— Acho que foi a coisa certa a fazer por nós dois — disse ele, mostrando-se triste. — Olga está viajando e me sinto muito feliz aqui.

Stolz olhou para o amigo. Ele não se achava pronto para lhe contar que havia encontrado Olga em Paris, nem o quanto tinham se aproximado nas semanas seguintes. Stolz tinha receio de que isso o chateasse. Mas ele também podia ver que alguma coisa perturbava Oblomov.

— Tem certeza de que está tudo bem? — ele perguntou.

Os ombros de Oblomov caíram e ele soltou um longo suspiro. — Bem, há uma coisa — ele começou.

— Minhas propriedades. As fazendas não estão rendendo tanto

quanto costumavam quando meus pais eram vivos. Tarantyev está fazendo tudo o que pode para me ajudar, mas a cada mês recebo menos dinheiro.

    Ao ouvir o nome de Tarantyev, Stolz se endireitou na cadeira. Ele sabia que Tarantyev era um amigo próximo de Oblomov, mas Stolz nunca tinha ouvido falar bem dele. Os amigos de negócios de Stolz lhe contaram que Tarantyev não era confiável.

— Você se importaria se eu desse uma olhada? — perguntou Stolz, apontando para a pilha de cartas.

— Claro que não, por favor! — disse Oblomov.

CAPÍTULO QUINZE

Uma hora depois, Stolz ainda estava estudando as cartas de Tarantyev e Matveyevich, além de todos os outros papéis e registros que Oblomov tinha sobre as fazendas. Alguns datavam de antes da morte dos pais do amigo. Cada um detalhava quanto dinheiro as fazendas haviam feito naquela semana e quanto foi enviado a Oblomov.

Stolz ficou quieto enquanto trabalhava. Ocasionalmente fazia uma anotação em seu caderno e balançava a cabeça.

Oblomov observava, cada vez mais preocupado.

— Bem... — disse Stolz por fim, recostando-se na cadeira e esfregando os olhos. — Pelo que pude ver, Tarantyev tinha razão. Os fazendeiros estavam enviando menos do que deveriam. Mas desde que ele assumiu, ainda mais dinheiro desapareceu.

— O quê?! — exclamou Oblomov, puxando sua cadeira para perto de Stolz.

— Conheço essas fazendas desde quando nós éramos crianças, Oblomov — disse Stolz. — Passo por elas toda vez que vou visitar meus pais. Os agricultores são trabalhadores e as fazendas parecem bem cuidadas. Talvez eles pensassem que poderiam guardar um pouco de dinheiro extra para si. No entanto, eles devem estar ganhando muito dinheiro. Não essas pequenas quantias.

— Lamento dizer isso, mas acho que você está sendo enganado por Tarantyev e seu amigo — disse Stolz, apontando para algumas contas no papel.

Oblomov sentiu-se um tolo. Para ele, tudo estava claro agora. Tarantyev se aproveitou do fato de Oblomov sofrer para cuidar de tudo sozinho.

Tinha sido muito fácil. Oblomov praticamente lhes deu permissão para roubá-lo.

Naquele momento, o próprio Tarantyev entrou no quarto de Oblomov.

— Desculpe, senhor! — disse Zahar, correndo atrás dele. — Eu disse a ele que estava com uma visita.

Oblomov e Stolz se levantaram para confrontar Tarantyev.

— Você! — disse Oblomov com raiva. — Você esteve mentindo para mim o tempo todo!

Tarantyev hesitou. Depois riu de nervoso e perguntou.

— Do que você está falando? Que mentiras esse homem está contando a você?

— Mentiras, não — disse Oblomov. — A verdade. Até agora eu estava cego demais para ver as coisas.

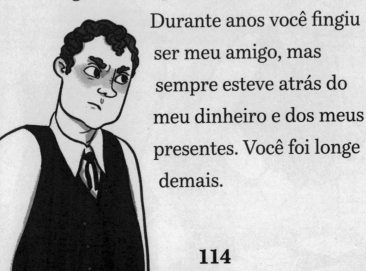

Durante anos você fingiu ser meu amigo, mas sempre esteve atrás do meu dinheiro e dos meus presentes. Você foi longe demais.

Oblomov pôde sentir sua raiva aumentar. Raiva de Tarantyev, mas principalmente raiva de si mesmo. Se ele mesmo tivesse cuidado das fazendas, nada disso teria acontecido.

— Oblomov, meu amigo, tudo isso é um mal-entendido! — disse Tarantyev com as mãos à sua frente. Pela primeira vez, Oblomov sentiu que Tarantyev estava com medo.

Stolz calmamente se colocou entre os dois.

— Talvez você devesse ir embora — disse ele a Tarantyev. — Mas, antes disso, tenho algo para você.

Stolz pegou um pedaço de papel de seu caderno, dobrou-o ao meio e o entregou a Tarantyev. — Calculei o valor que você roubou do meu amigo nas últimas semanas. Se não pagar até o final do mês, levarei minhas descobertas à polícia.

Toda a cor sumiu do rosto de Tarantyev quando ele olhou para a quantia escrita no papel. Trêmulo, balançou a cabeça antes de sair do quarto.

CAPÍTULO DEZESSEIS

Nos dias que se seguiram à visita de Stolz, Oblomov viu sua conta bancária crescer cada vez mais com todo o dinheiro que Tarantyev e Matveyevich tinham roubado dele. Agafya ficou aliviada e feliz por Oblomov, mas também sentiu vergonha do irmão.

Stolz desconfiava de Agafya.

— Tem certeza de que ela não sabia o que o irmão estava fazendo? — perguntou certa manhã, enquanto caminhavam juntos no parque.

Desde que confrontara Tarantyev, Oblomov saía cada vez mais de seu quarto. Mais que nunca, ele sentia estar no controle de sua vida.

— Absoluta! — exclamou Oblomov. — Agafya não é igual ao irmão. Ela se recusa a aceitar qualquer coisa além do aluguel, apesar do irmão ter dito a ela para pedir mais. Ela cuida de mim e parece que nunca ficamos sem assunto. Foi ela quem me encorajou a abrir minhas cartas.

— Você parece gostar muito dela — disse Stolz.

— Sim, gosto.

Oblomov parecia resolvido e feliz. Naquele momento, Stolz se sentiu pronto para revelar o segredo que vinha escondendo do amigo desde que voltara de Paris.

— Encontrei Olga em Paris — disse Stolz por fim.

— Como ela estava?

— Muito bem — respondeu Stolz.

— Na verdade, me pareceu mais feliz do que jamais a vi. Acabamos passando muito tempo juntos em Paris.

Oblomov parou de andar. Ele notou que o rosto de Stolz ficou um pouco rosado. Não estava acostumado a ver o amigo corado ou envergonhado e logo adivinhou o motivo. Stolz amava Olga.

— Está tentando me contar alguma coisa, meu velho amigo? — perguntou Oblomov, gentilmente. — Porque, se me disser que está apaixonado por Olga e que deseja se casar com ela, serei o mais feliz dos homens.

Oblomov gostava de Stolz como se ele fosse seu irmão e sabia que ninguém poderia cuidar de Olga tão bem quanto ele. Mais do que tudo, ele queria que ambos fossem felizes.

Stolz sentiu o alívio inundá-lo. Ele abraçou o amigo e agradeceu.

— Agora só me resta encontrar a mesma felicidade que vocês encontraram um com o outro — disse Oblomov, sorrindo.

EPÍLOGO

Olga e Stolz se casaram e formaram uma família. Eles moravam em uma mansão em São Petersburgo e tinham um grande grupo de amigos que os visitava com frequência. Oblomov ficou na casa com Agafya e eles acabaram se casando também. Tiveram um filho juntos ao qual deram o nome de Andrey, em homenagem a Stolz.

Com o passar do tempo, os dois amigos foram se vendo cada vez menos. Quanto mais ocupado Stolz ficava com seus negócios e família, menos tempo tinha para visitar Oblomov. E Oblomov via poucas razões para se aventurar pela cidade. Com a morte de Agafya, logo após o parto, ele passou a ficar em casa cercado por suas lembranças.

Anos depois, Stolz ainda trabalhava em seu escritório, já tarde da noite, quando recebeu um comunicado. Oblomov havia morrido. Junto com o comunicado havia uma carta de Oblomov a ser entregue a Stolz após sua morte. Com as mãos trêmulas, Stolz leu a carta.

Caro amigo,

Se está lendo isso, lamento dizer que nunca mais nos encontraremos.

Quero lhe pedir para cuidar do meu filho. Tenho medo de que Andrey possa ser como eu. Há tantas coisas que eu deveria ter feito na vida: poderia ter começado um negócio ou escrito um livro ou até mesmo visitado minhas fazendas. Mas não tive forças. Você sabe disso melhor do que ninguém.

Depois de um tempo, comecei a chamar meu modo de viver de "oblomovismo". Foi esse oblomovismo que me impediu de ir a Paris para vê-lo. Foi o oblomovismo que me impediu de casar com Olga. Foi o oblomovismo que me fez perder meu dinheiro para Tarantyev.

Meu maior desejo é que meu filho seja diferente de mim. Se ele for criado por você e Olga, acho que será.

Para sempre seu amigo,

Ilya Oblomov

Stolz olhou para a carta com lágrimas nos olhos. E desejou ter podido fazer mais pelo amigo enquanto ele estava vivo. Mas, como não pôde, jurou fazer tudo por seu filho.

Maxim Maximych, um velho oficial do exército, viaja entre as montanhas do Cáucaso contando as histórias do diário de um amigo, Pechorin, que ele não encontra há um certo tempo.

Também do exército, Pechorin era jovem, corajoso, leal e admirado por todos. No diário estão todas as suas aventuras, envolvendo ladrões, contrabandistas, rivais e amores de sua vida. Muito tempo depois, quando Maximych e o velho amigo se reencontram, Pechorin mudou. Ele agora é uma pessoa fria e distante. Por que Maximych carrega consigo o diário de Pechorin?

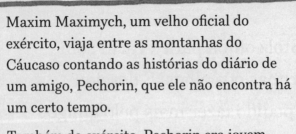

O que aconteceu com Pechorin no ano que passou? Será que ele vai encontrar a felicidade outra vez?